女性俳人精華100

句集

茶歌舞伎

野口久子

文學の森

序

作者の野口さんと初めて親しくお話をしたのは「秀」の中国吟行であった。それまで結社内での交流はあまりなく、いつも控え目な作者とは、大会等でも言葉を交わす機会があまりなかったが、ふと目が合った時には、はにかんだ様な笑顔が先ずあった。

いつもの口籠もった様な声で第二句集を出したいとの申し出を受けた時、よかったと思った。昨年御主人を見送られてからの作者にいささかの危うさを感じていたからである。

改めて第一句集『遊子』を繙いてみて驚いたことは、大方が旅吟であり、しかも国外が多いこと。自称旅好きと言えど、この果敢な挑戦は大したものと思う。

ライン の 波 大 き く 座 る 月 を 乗 せ　ドイツ
青 嵐 に 耐 ふ る 小 さ き 人 魚 像　北欧
竹 婦 人 壁 に 凭 れ る 資 料 館　韓国
ニュートンの学舎に育つ青りんご　イギリス
己が罪バルーンに放つ月の海　タイ

いわゆる観光俳句とはならずにいることに瞠目したが、やはり国内吟がいい。

獅子舞の笛の曳きゆく暮色かな
断 崖 は 溶 岩 の 層 春 蒼 し

鳶の笛魚網を洗ふ卯月浪
氷穴の霊気に触れし秋の蝶
ゆく秋を甕の釉薬深ねむり

作品はしっとりと美しく、極限に自己を消し去った、客観写生とも言える出来映えである。
『遊子』以後の作者の目は国内に向けられ、日本全国を旅して行く。そして学びの場も、岸谷から港南台、ミモザと移り、異なる仲間との交流により、句の姿も少しずつ変化して来た。

己が身を裂かむと沼の行行子
昆布干す納沙布歯舞の無念
冬の鳶鳴く天心の慰霊かな
鶯の声にときめき耳尖る

何食はぬ顔して金魚ねぶたかな

己が身を裂き血を吐いて鳴く行行子、自分も同じ心で一句を吐くのだという覚悟。かつての故郷であった納沙布や歯舞をただ眺めつつ昆布を干す、今は足を踏み入れることも出来ない人々の無念さを詠う。冬の鳶が高く鳴くのは、天に在す神か仏か或いは死者か、その慰霊の為なのだと。そして鶯の声にときめき利き耳を立てる。何食わぬ顔をして何食わぬ顔の金魚ねぶたを持ち歩く。

乱れ萩土蔵に覚める武具の魂
蕉翁の旅の汗しむ矢立かな
月祀る笙一節の揺らぐ音に
山の端の月傾けし薩摩琵琶
秋烏賊の海光に透き漁師老ゆ

鍾乳洞身に億年の滴れり
川の音都心に残る滝修行

暗喩であれ直言であれ、人間がそこに存在し写生句の物足りなさを確と埋め、これ迄すっかり姿を消していた作者自身の感慨や思想が一句の中に出て来始めている。

それが進歩か否かの評は人によって異なるであろうが、心に訴えて来る力は強く、現代的である。

若い頃からの作者の嗜みであり趣味でもある茶道は、礼に厚く控え目な人柄に深く影響していると感じる。この茶事の句数は多く、一句の姿に雅の趣を作り出している。

掛柳沸点極むあられ釜

春興や一と日利休の茶歌舞伎に
和三盆懐紙に咲かせ利休の忌
お点前の氷の微音涼を呼ぶ
炉開きや肌にしみいる風の音

茶室の正月飾りの掛柳、「沸点極む」の中七に炉火の強さ、釜の湯気の豊かさがあり、室温の上昇と共に膨らんでゆく銀色の柳の芽とその微かな揺れが伝わって来る。

句集名となった「茶歌舞伎」は茶香服とも書き、茶道の七事式の一つ。銘を秘して数種の茶を点て、これを服してその銘を当てるという楽しみ方、香道の聞香に似る。「茶を歌舞く」という言葉から来ているのではと考えられる。

懐紙に載いた色様々な花形の干菓子、含めばすっと溶ける喜び。夏点前の茶碗に浮く氷の触れ合う微かな音が茶筅を通して身に伝わる。氷が溶けてしまうと茶は泡立たないし、立った泡も消える。素早い所作が求められる束の間の緊張が暑さを忘れさせ、服めば身も心も涼しくなる。火の無い炉に久々の炭を入れ釜を吊る炭点前、冬初めの茶室の中は未だ冷え冷えとしている。湯が沸く迄の寒さを「肌にしみいる」風の音と、体感と聴覚で言いとめている巧みさ。

食事を整え句会から帰る妻を待って居られたという優しく理解ある御主人に支えられて来た作者の日常に、翳りが見え始めたのは八十路の坂も終りに近くなった頃である。精神的には未だ未だ支えられてはいるものの、身体的に不自由になられた御主人に寄り添い、旅する事もほとんどなく、俳句の目は身近なものに注がれる。殊に御主人への思いは深い。

夫丹精の鍾馗の軸や初節句

花万朶癒えし夫のまぶしさに
鬼やらふ声のたくまし車椅子
夫危篤声の鋭く寒鴉
雨男永久の別れも冬の雷
亡夫かな庭木を巡る黒揚羽
色なき風亡夫《つま》の声聞く明けの地震

俳句に関りのない方に、「御主人の臨終の時迄よく俳句が出来る」と言われたことがある。句を作るのではないのだ。無意識の内に胸の思いが五・七・五の形で口を突いて出て来るのだ。多分この作者も同じと思う。

ここでお許しいただく事がある。この第二句集を編むに当たり、作者が「秀」会員であった十六年間の後半七年分の作品と、「千種」会員になってからの七年の作品の数が大きく異なる為「秀」の時代を年代順に分け「慰霊」「光華」「昔日」の三章とし、「千種」時代の作品を「微音」の一章とし、冬春夏秋の順に纏めた。その為、冬に逝去された御主人の元気な姿が後に掲載されるという不都合が生じてしまったが、追悼の句が前になる事を避けた為と御理解いただきたい。

初鏡ほほの皺まで恵まるる
何時の間に逃げてしまひし雪兎
この池に過ごす余生か通し鴨
湿原や一歩離れて赤蜻蛉
逝く秋の聞きそこねたる時の鐘

かつて小枝秀穂女師は、作者の旅を、「巡行は俳句の禊の場である」と述べた。そして今は祈りの場であり、悟りの為の場でもある。雪兎も赤蜻蛉も時の鐘も亡き御主人に重なる。そして、「ほほの皺まで恵まる」と詠える事のみごとさ。

晩秋の夕映えを待つ椅子ふたつ

「千種」のモットーは「人間は大自然の一部分である。その大自然に抱かれた命の讃歌を詠う」である。物静かなこれからの日々の微音の様な呟きをどうか大切に、一句に成していただきたいと願うばかりである。
第二句集の上梓出来ましたこと大変嬉しく、御祝い申し上げ筆を納めさせていただく。

平成二十八年　花万朶の日に

加藤房子

目次——茶歌舞伎

装丁　三宅政吉

句集　茶歌舞伎

慰霊

平成十四年〜十五年

初護摩の太鼓濁世を遠ざけし

掛柳沸点極むあられ釜

洗ひ地蔵の頬のゆるびや春の水
散る花の生絹の艶を愛ほしむ

五惑星八十八夜の綺羅に遇ふ

断崖に卯浪飛びつく襟裳岬

阿夫利嶺の撫で肩となる青葉風

鹿の子の明眸と会ふ岬山

白南風の帆をはらませし日本丸
己が身を裂かむと沼の行行子

白南風や金銀なすび棘かくす

大南風輪をくづしたる鳶の数

ワールド杯決勝の夜の花ユッカ

昆布干す納沙布歯舞の無念

蜩に耳をあづけて瑞巌寺

初萩や息抜く十二支五大堂

アルバムの旧師すこやか星流れ
秋ざくら現世とほく揺れゐる師

秋澄むや彫り深みゆく摩崖仏

休み田の蒲の穂絮に包まるる

熊野路やクルスに薫る金木犀

虎御前へ御詠歌ひとふし秋の風

曼陀羅の秋明菊へ投身す
藩校の暦日をよむ楷紅葉

木枯やねねの佇む丹塗橋

炉開きや輪島沈金汁粉椀

一湾や海猫の憩《やす》らふ牡蠣筏

陸中の海鳴りをきく牡蠣料理

男ぶりよき老松の雪吊りよ

秀吉の好みし有馬雪催ひ

注連を綯る講連中の言霊に
お降りの美《は》しき禊ぎも神の森

ココア飲む山頂駅の雪の花

冬ざくら天海にいま生絹波

山並の青磁や里の冬ざくら

水墨画受賞耀ふ四温晴

雪纏ふ如意輪観音光放つ
冬の鳶鳴く天心の慰霊かな

雪上がり丹の反り橋に靴の哭く

荒海や波頭にあそぶ春の鴨

野晒しの黒酢の醸す梅日和

下萌の平野ゆるがす鶴の舞

往昔の鴨場の窓や草青む
鶯の声にときめき耳尖る

鳴き交はす引鶴の野に風おこし
花片栗谷戸に獣のひそむ息

花ミモザ句会言祝ぐ一周年

神鈴の殊更ぬくし流し雛

乳の木の下に妣恋ふ雛の日

神域の闇に涙す古雛

ビル街の囲む離宮の朧かな

風光る命千年夫婦楠

鳥帰る鏝絵の鶴の翔つ構へ

ひれ伏せる本丸跡の金瘡小草《きらんそう》

クレソンの芽立ち促すはけ清水

陽春のはけにほつかり立金花

甘酒茶屋飛脚おぼろの旧街道

湯島聖堂楷の若葉へ重ね絵馬

ニコライの鐘おもおもや走り梅雨
がまずみや恩師まぶたに聖橋

祭囃子蹄鉄ならす神馬像

万緑の天押し上ぐるマストの秀《ほ》

向日葵やペリー来航図燦燦と
船笛に不意をつかれし芥子の花

螢火の消ゆる北斗の柄のあたり
時鳥「一宿」の碑へ贈り鳴く

靄つつむ黄菅の原の白昼夢
河鹿鳴くいとしき星を呼ぶやうに

誰を待つや松笠風鈴鳴りやまず
接近の火星に踊る海月かな

舞ひ出づる志功の飛天大ねぶた
何食はぬ顔して金魚ねぶたかな

沸きあがるねぶた太鼓に縛さるる
後絵の菩薩へおくるねぶた笛

回向柱に残る木の香や白桔梗

町紋に捧ぐる男魂竿灯祭

竿灯の撓ふ秀先《ほさき》へ一つ星

竿灯の身振り確たり小若連

乱れ萩土蔵に覚める武具の魂

露の身を映す間や筆の塚

身に沁むや羅漢の山の風の声
曼珠沙華翁の句碑へ傾けり

閑居なる鬼門の石榴笑みてそろ

現なる佐原手古舞月の波

神留守の男綱女綱の雄叫びや

裸婦像に語りかけをり鴨の声

透きとほる猫の眼差し冬桜

着流しの其角わたりし橋小春

二拍子の禰宜の木沓や冬うらら

奢る身を鎮むる冬の六角亭

眠る山菩薩の形の銀杏抱く
北斗星引きよす霜の高舞台

光華

平成十六年〜十七年

歴史今静かに展く初舞楽

鬼太鼓に魂を抜かれし雪女

65　光　華

香合は秀吉ごのみ初茶の湯
身のうちの鬼をはらはな年の豆

早春の旅へ誘ふちぎれ雲

転読の光華に浴す如月や

如月やクルスの扉押す女人
春の鰡大桟橋の昼ゆらぐ

水菜漬富士伏流の味を噛む

葉牡丹の茎立ちムーランルージュかな

ひたすらや花の吉野の行者径

花守りは女人に在す二月堂

ふりかぶる桜吹雪に身を洗ふ
春愁の白馬一頭魁夷展

春興や一と日利休の茶歌舞伎に
白鷺城風の若葉の鬨の声

緑蔭の日の斑すわりし猿茸
老鶯や一息の杖励まされ

若葉光皇女命の念持仏

葡萄酒のラベルに迷ふ巴里祭

一眼に炎帝やどる竈神
振り返るお江戸橋の名遊び船

気兼ねなく白桃すする齢かな

延寿てふ鐘の渉りも秋の潮

細男の背ナのうねりや秋時雨

客去りし真夜の菅笠風の盆

壇ノ浦鎮魂永久の秋の潮

海猫去りて能取湖火照るサンゴ草

韃靼蕎麦大地に馴染む野分あと

鯉の影のみや池畔の晩秋は

芒原遊び心の飛び羅漢

清姫の怨念に冷ゆ堂の鐘

風紋へ黒潮香る花アロエ

一首を笠に「節《たかし》」の遊行冬はじめ

空海を慕ひ高野の冬の燭

熊野路や冬星こぼるる湯の川原

ニコライの鐘の韻透く冬の月
聖夜ミサ讃歌にゆるる燭明り

海境へ匠を離れし鷹の鈴

胆太し鴨場に近き浮寝鳥

読経に光明ほのと涅槃絵図

牡丹の芽物腰やはき寺男

暁に泛ぶ富嶽や雲雀鳴く

昔日の雲雀野に佇つ万華鏡

さざなみや未だ流浪の春の鴨
田一枚雪解の山の水鏡

飛花落花遠き日を曳く常夜燈
庭園の紙燭を辿る春の宵

日本海の要の隠岐やあざみ濃し

法華経のこだま門徒の春の汗

天井絵の竜の吐息に舞ふ残花
晩春の富士をひねもす道連れに

天海は霽れの舞台ぞ鯉幟

檜扇貝は流人の化身青時雨

涼しさよ駅鈴六百余年の韻

都恋ふ百首の和歌の青葉闇

太宰忌の雲井にすわる梅雨の富士
篠笛の音にざわめけり蓮浮葉

切麻や吾に新たなる夏祓

布裂くは鳥の声とも夏越とも

白百合の薄影いただく茅舎の忌

師の句碑に目見えし安堵未草

囁きは群れ咲く島の黄待宵
日蓮の神楽岩とや白南風す

老鶯の二挺艪はやす声の嗄れ

潮風のほどよく鰺のさんが焼

ゆらゆらと瘴気の沼の姥百合よ

おうおうと神呼ぶ禰宜や晩夏光

棟梁の浄衣重おも油照り
甲羅干す亀の虚ろへ涼し風

蕉翁の旅の汗しむ矢立かな
深川の風になじみし赤とんぼ

忠魂碑の短歌読み解く秋愁
豪徳寺の猫が招くよ鰯雲

101　光　華

月祀る笙一節の揺らぐ音に
山の端の月傾けし薩摩琵琶

地唄舞佳境に入るや月中天
平安を偲ぶ今宵や観月会

砂利船はむかし語りぞ川澄める

色鳥は天使の声よ臥せる身に

阿字ケ池の逸話はぬくし菊日和

秋冷や芦刈汁のよき匂ひ

けふ傘寿六本木ヒルズは菊日和

ガールスカウト像に握手し秋惜しむ

ラリックの蝶ぬけ出でよ冬紅葉

多摩川に水脈戻りけり枯葎

先頭は餓鬼大将ぞ鴨の陣
除夜の鐘つきし余韻を懐に

昔日

平成十八年〜十九年

松明の寺領鎮めし大旦

黒卵六腑にしみる雪の風

着ぶくれてふふむ筒粥葦の香や

舞闌けて翁の鼓春立てり

天心にオリオンを置く水送り

水送り護摩松明の闐のこゑ

幾年や黄花片栗けふ生れし
韃靼の火屑身に浴ぶお水取り

垣間みし五体投地の修二会僧
はらからを呼び寄す里の花の山

鷹女忌の燃えたつ躑躅紅を吐く

山里や一人静の愁ひ聴く

置物のふくろふ啼けり朧月

ジョギングの手の振り揃ふ白木蓮

花ぐもり松阪木綿の藍匂ふ
御木曳きの掛声に和す花の伊勢

和三盆懐紙に咲かせ利休の忌

蛙鳴く畔みづみづし鍬の跡

夜念仏の低き鐘の音梅雨を呼ぶ

ブロンズ像の肩借る小鳥若葉風

烏帽子岩へ波折りたたむ青葉潮
鮎解禁そろり現れたる帆掛舟

黒南風や星砂探す幸ごころ

青岬天明津波にすわる岩

シーサーの睨みをきかす島バナナ

一団の声をしづめし時鳥

笠雲や梅雨の霊峰鷲摑み

茅花流し幼き頃の影を追ふ

梅雨明けの漂ふ月へ声かけし
熊蟬の声の流水昼さがり

浅草の三味の音涼し扇塚
ビール酌む嘗て文士の神谷バー

虚子偲ぶここ仲見世の鰻喰ふ

猿廻しの拍手にこぼる花槐

読み乍ら時に頷く葉月かな

小望月芭蕉短冊なぞりみて

エアコンを止めて気付きぬ秋の風
曼珠沙華古墳の里に炎となりし

奉納の傀儡相撲や豊の秋

露けしや楠二千年の抱く瘤

コンサート出でて港の十三夜

秋烏賊の海光に透き漁師老ゆ

うつとりと門扉の羅漢照紅葉

いぶりがつこの香りゆたかや神無月

俳諧の魅力あらたに花八つ手
亜浪忌やほつりほつりと冬桜

陽光に羽繕ひして見張鴨

身内打つ瞽女の語りや冬灯

門付の瞽女はまぼろし雪椿
水鳥の声聞き分ける枯はちす

初曾孫宇宙へ羽搏け大旦

合唱のあとの爽快女正月

華やぎに秘めし愁ひや寒牡丹
寒林となりて五重塔そそる

開け放つ横笛庵へ梅の客

梅七分三渓そばの味八分

花を待つ三重塔へ鳶の輪
三椏の花に問ひたる迷ひ道

嬰抱きし膝の至福よ春うらら

時國家の昔日秘めし雛の眼

春塵の梁や褪せたる駕籠四つ

初花にほの笑む嬰や宮参り

観覧車花満ちて空奪ひけり
港南台は心の古里松の芯

惜春や蔵王のこけし師を慕ふ

春雷の去りたる後やレモンティ

七年の交はり大事に春惜しむ

靖國の魂の浮遊や桜散る

雷雲のわれて丹沢紅を吐く

鍾乳洞身に億年の滴れり

夫丹精の鍾馗の軸や初節句

三線に首振る牛車南風の島

團菊祭の誘ふ銀ブラ街薄暑

蜜豆や見下ろす銀座の夕景色

羅漢さんと交はす挨拶麦の秋

卯浪たつ実朝の海はるかなり

風薫る万葉書展まなこ澄む
通りなれし駅のマロニエ眼裏に

微音

平成二十年～二十八年

予防注射医師の顔冬に入る

炉開きや肌にしみいる風の音

何時の間に生活《たつき》の無音月冴ゆる

時雨過ぐ箱根遠山夕茜

夕時雨夫てふ羅漢の眼に涙

小春日の歩をのばしたる万歩計

神還る乗り捨てし雲空に置き
山茶花の内に秘めたる強さかな

悪しき夢獏にくはせて冬ざくら
みちのくの足湯に火照る冬紅葉

媼ひとり月と対話す大旦

初鏡ほほの皺まで恵まるる

卒寿経し夫へ賀状の数少な

水茎のあとに惹かれし賀状かな

車椅子先づ産神の初詣

初護摩の丹田に沁む大太鼓

トースターに背伸びしてゐる雑煮餅

初句会心に寂びの木遣唄

初氷閉ぢ込められし鳥の羽

川風や月もかほだすどんど焼き

夫危篤声の鋭く寒鴉

雨男永久の別れも冬の雷

寒晴や丹沢山塊立ちあがる
掃きよせし落葉の温み猫ねまる

枯葉ぬぎ身軽となりし里の山

高だかと唐傘かかげ寒牡丹

飄飄と降り積む雪の息づかひ
何時の間に逃げてしまひし雪兎

豆撒きやうつむく屋根の鬼瓦

鬼やらふ声のたくまし車椅子

触れ太鼓村に名残りの午祭

二ン月の筑波ひきよすスカイツリー

梅古木世代移ろひゆく法事
もてなしは松風の音と梅三分

梅咲くや踊り出でくる巴鴨

小枝大枝羽音引き寄す梅の花

そこはかとなき望み湧く春一番

遠蛙八十路なかばのクラス会

千枚田風にのりくる遠蛙

貝殻露地失せ魚河岸の春寒し

いち早く風の香の蕗の薹
春の鴛鴦描く水輪の思ひ羽

春昼を点すガス灯道標

啓蟄や盲導犬居るコンサート

風音のせかす芽吹きや昨日今日
花万朶癒えし夫のまぶしさに

花明り花顔白眉の車椅子

生国の山を遠見に花の宴

花三椏峡に言霊の寺の鐘
しやぼん玉宇宙を目指す児等の夢

菜の花と化したる蝶の千倉かな

草青む国分尼寺跡風ばかり

旅簞笥茶人の悲話を花の下

御手しづく一瞬光る甘茶仏

一杓の喉にしみゆく甘茶かな

花冷や堂にねむれる懸仏

何事も受けながしをり一輪草

舌にしむ孫釣りあげし桜鯛

藤房の紫雲ただよひ亡夫《つま》の声

一つまみの茶葉の天ぷら夏は来ぬ

女体山頂に佇つ身の涼し
古里の川に戻りし鮎の艶

不意の地震真夜の薫風引き入れる

この池に過ごす余生か通し鴨

曇天の重き水尾ひく通し鴨

手造りのきやらぶき黴びてゐる昼餉

草茂る明治遺跡の風車井戸

供華とせむ一番咲きの花菖蒲

段畑の枇杷の色づき人動く

牡丹の咲き揃ひたる夫の留守

その昔の家伝の秘薬たちまち草

蚯蚓の子一ト踊りして消えにけり

お点前の氷の微音涼を呼ぶ

昼顔や人に疲れし野点とも

浜日傘浪の果《はたて》の貝の殻

阿夫利嶺や父母の声音の青田風

仲見世の片隅がよし心太

青嵐心つらぬく般若の眼

山伏の矢は大空へ滝開き
川の音都心に残る滝修行

マジックの種をあかされ暑気払ひ

風鈴や父母の説教聞くやうな

夏うぐひす米寿の歩む石畳

堰越ゆる一途な鮎の光かな

亡夫かな庭木を巡る黒揚羽

風あらば醸す湿原花夕萱

運河の夏ネオンの描く抽象画

父母のただ佇ちつくす敗戦忌

送火や炎のたかぶりし白提灯

新涼や風の擽る旅心

とんぼうの思案の眼杭の先

湿原や一歩離れて赤蜻蛉

蜘蛛の巣のオブジェに触るる赤蜻蛉

永らへて浦島太郎や墓参り

色なき風亡夫《つま》の声聞く明けの地震

初潮に脈うつハマの運河かな

秋澄むや愁ひを含む埴輪の目

阿夫利嶺の神水ふふむ豊の秋

秋草を引くや地の声風の声
米寿かな金銀水引咲き誇り

軍司令部跡はこの地下銀杏散る

故郷の風を肌《はだえ》に稲田道

丹沢の稜線淡し星月夜
天の川袱紗さばきのしなやかに

降る様に阿夫利山巓流れ星
秋寒し語る太夫の般若顔

到来の大獅子柚子の面構
老いの身の恐れそぞろや台風来

百歳までと曾孫の檄や敬老日

卒寿祝ふ曾孫のたより暮の秋

山の里柿色づきし活気かな

がまずみの実や蒼天を豊かにす

むかご飯吾が青春をかめしめる
晩秋の夕映えを待つ椅子ふたつ

逝く秋の聞きそこねたる時の鐘

あとがき

「お祖母ちゃん今年九十歳だね、おめでとう。百歳まで生きてね」

ゴールデンウィークに家族が集まった時の曾孫の言葉でした。

この言葉を聞いて、子や孫達に俳句を一冊にまとめて遺したいと思いました。

第一句集を出したのは平成十二年（二〇〇〇）、女学校時代の同級生の鈴木フミ子さんのお誘いで「秀」に籍を連ね九年、小枝秀穂女先生の勧めで『遊子』をまとめました。平成十四年には秀穂女先生をお招きして、日吉に「ミモザ句会」を開くべく故白鳥順子さんと奔走致しました。

「秀」が終り「千種」が始まり、ミモザ句会の仲間たちと「千種」に参画し、佐藤久子さんを友に加藤房子代表にご支援いただき、今日までやって参りました。

その間旅好きの私に、ある時は伴ってくれ、ある時は留守番しながら支えてくれた亡き夫に感謝します。

夫は晩年には少し介護が必要になりましたが、その時鈴木フミ子さんのお寺（箱根仙石・長安寺）に一対の羅漢さんを置いていただける話があがり、早速に寄進させて頂きました。夫が亡くなる直前には、不自由な身体をおしてお寺にお邪魔し、出来上がった羅漢さんを一緒に見届けました。これで、心残すことなく黄泉の国へ送ることが出来ました。

夕時雨夫てふ羅漢の眼に涙

気づいてみたら、外戚の曾孫四人と、ほぼ同年代の野口家の孫の計五人、我が家の座敷で賑やかに遊んでいます。この子達や親族に、そして少なくなった友人達に、私の生き様を記した句集を遺そうと思ったわけです。

句集を作ると言い出しはしたものの、卒寿を迎えてみると、急に体力の衰えを感じ、記憶もおぼろげになり、連衆の方達や家族の助けを借りることになってしまいました。とり分け加藤房子代表にはお忙しい中、選句・添削やら、心温まる序文を頂けましたこと厚く御礼申し上げます。また「文學の森」の林誠司編集長はじめ編集室の皆様にもひとかたならぬお世話をおかけいたしました。有難うございました。

平成二十八年四月

野口久子

野口久子（のぐち・ひさこ）

大正十四年　神奈川県伊勢原市生まれ
平成三年　「秀」入会
平成七年　「秀」同人
平成十二年　句集『遊子』刊行
平成二十年　「千種」入会

現住所　〒二一一－〇〇一二　神奈川県川崎市中原区中丸子七一〇
電　話　〇四四－四一一－四五九二

句集　茶歌舞伎《ちゃかぶき》
女性俳人精華100　第7期第5巻
発　行　平成二十八年六月十七日
著　者　野口久子
発行者　大山基利
発行所　株式会社 文學の森
〒一六九-〇〇七五
東京都新宿区高田馬場二-一-二　田島ビル八階
tel 03-5292-9188　fax 03-5292-9199
e-mail mori@bungak.com
ホームページ http://www.bungak.com
印刷・製本　竹田　登

ISBN978-4-86438-554-1　C0092